CELEBRANDO NUESTRAS COMUNIDADES

CELEBRANDO TODAS LAS CULTURAS

POR ABBY COLICH

BLUE OWL
EN ESPAÑOL

TIPS PARA LOS MAESTROS Y LOS PADRES DE FAMILIA

El aprendizaje social y emocional (SEL, por sus siglas en inglés) les ayuda a los niños a manejar sus emociones, aprender cómo sentir empatía, crear y lograr metas, y tomar buenas decisiones. Las lecciones y el firme apoyo en SEL ayudarán a que los niños establezcan hábitos positivos en la comunicación, cooperación y en la toma de decisiones. Mediante la incorporación de SEL en la lectura temprana, los niños aprenderán la importancia de aceptar y celebrar a todas las personas en sus comunidades.

ANTES DE LA LECTURA

Hable con los lectores sobre las culturas. Explíqueles que las culturas tienen que ver con nuestros estilos de vida. Deles ejemplos de los diferentes aspectos de una cultura.

Analicen: ¿Puedes nombrar algunas partes de tu cultura? ¿Cómo describirías tu cultura? ¿Puedes nombrar una parte de la cultura de otra persona?

DESPUÉS DE LA LECTURA

Hable con los lectores sobre las maneras en que ellos pueden celebrar las diferencias culturales con los demás.

Analicen: ¿Cuál es una de las maneras en que puedes aceptar la cultura de otra persona? ¿Por qué debemos aceptar a los demás? ¿Por qué es bueno para una comunidad que celebre a toda la gente?

LA META SEL

Los niños pueden tener una comprensión floja de la aceptación. Hable con los lectores acerca de la importancia de la empatía en el proceso de aceptación y celebración de las diferencias que existen en los demás, especialmente con respecto a la cultura de uno. Pídales que imaginen una ocasión en que se sintieron excluidos y una vez en que se sintieron incluidos. Luego, pídales que reflexionen acerca de los sentimientos que ellos tuvieron en ambas situaciones. Haga una lista de los sentimientos que tuvieron cuando fueron aceptados e incluidos y de los sentimientos que tuvieron cuando se les excluyó por ser distintos. Explíqueles que nuestras comunidades son mejores cuando todos son aceptados e incluidos.

TABLA DE CONTENIDO

CAPÍTULO 1

¿QUÉ ES UNA CULTURA?

¿Has visto comidas de diferentes partes del mundo en el supermercado? Quizá has probado comidas de diferentes países.

¿Has escuchado a gente hablando otros idiomas? Tal vez has visto pinturas en un museo. La comida, el lenguaje y el arte forman parte de una **cultura**.

La cultura es un estilo de vida. Es lo que nos hace ser quienes somos. La música, la ropa y las celebraciones todas forman parte de una cultura. La manera en que la gente actúa y **se comporta** también forma parte de una cultura. ¿Abrazas a la gente cuando la saludas? ¡Esto es parte de tu cultura!

APRENDE ACERCA DE TU CULTURA

Aprendemos acerca de nuestra cultura a través de los demás. Nuestra familia o los demás en nuestra **comunidad** pueden enseñarnos sobre ella. ¿Aprendes cómo hacer ciertas comidas? ¡Eso también es parte de tu cultura!

celebración
Diwali

Puede que en tu comunidad haya muchas culturas diferentes. Deepa habla hindi. Ella celebra el Diwali con su familia. Sofía y su familia hablan español. Ellos celebran el Día de los Muertos. ¡El mundo está lleno de culturas!

CAPÍTULO 2

APRENDE Y RESPETA

Tú puedes aprender acerca de otras culturas. Esto nos ayuda a entender a los demás. ¡Y es divertido! Los niños del vecindario de Gío juegan al béisbol. Gío les enseña a los demás cómo jugar.

Juanita les enseña cómo jugar al fútbol. Los deportes y los juegos forman parte de sus culturas. Los deportes que ellos juegan son distintos, pero su amor por los deportes es algo que ellos tienen en común.

Experimentar otras culturas o aprender más acerca de ellas nos ayuda a respetarlas. Kim escucha música de otra parte del mundo. ¡Busca videos para ver cómo la gente la baila!

¡LEE ACERCA DE ELLAS!

Otra manera de aprender acerca de las culturas es leyendo acerca de ellas. ¿No sabes dónde buscar información? ¡Pregúntales a tus maestros o a un bibliotecario o bibliotecaria! Puedes compartir lo que aprendes con tu familia, tus amigos y compañeros de clase.

¿Conoces a alguien que tenga otra cultura? Pregúntale sobre su cultura. Encuentra las similitudes y las diferencias entre las culturas de ustedes. Puede que encuentres que son más parecidas de lo que pensabas. Conocer mejor a los demás puede ayudarte a **apreciar** otras culturas y también la tuya.

QUÉ DECIR

Demuestra respeto y **empatía** al preguntarle a otra persona acerca de su cultura. No respondas diciendo que su cultura es diferente o rara. Solo porque es diferente de la tuya no significa que merece menos respeto. Una cultura no es mejor que otra. Podrías decir: "¡Oh, qué interesante! ¿Me puedes contar más acerca de tu cultura?

CAPÍTULO 3

COMPARTE Y CELEBRA

Puedes compartir tu cultura con los demás de muchas maneras. La escuela de Charlie está teniendo una noche de culturas. Charlie les enseña a los demás a bailar un baile hip hop.

Maya les enseña a sus compañeros de clase el lenguaje de señas. Algunos están nerviosos porque sienten que se van a equivocar mucho. Maya los **estimula** a que practiquen con ella. Ella les tiene **paciencia** y les enseña las señas lentamente.

Shan es china. Sus amigos vienen a su fiesta de cumpleaños. Ella come unos fideos muy largos para celebrar. Emma es australiana. En su fiesta de cumpleaños, les muestra a sus amigos cómo preparar un pan de hadas. ¿Cómo celebras los cumpleaños?

pan de hadas

Las culturas están en todas partes. Forman parte de nuestra vida diaria. ¡Aprender acerca de otras culturas es divertido! Y nos ayuda a entender y apreciar a los demás y a nosotros mismos.

Ya sea que estés en la escuela, en un equipo deportivo o en tu trabajo cuando crezcas, tendrás que trabajar con todo tipo de personas. ¡Conócelas bien! Cuando aceptamos a todos, podemos trabajar juntos para lograr muchas cosas.

METAS Y HERRAMIENTAS

CRECE CON LAS METAS

Aceptar a todas las personas, sin importar sus culturas, es importante. ¡Tú también puedes ayudar a otros a aprender más acerca de tu cultura!

Meta: ¿Puedes nombrar algunas de las cosas que forman parte de tu cultura? ¿Cuáles son algunas de las cosas de tu cultura que te gustaría compartir con otra persona?

Meta: ¿Qué deseas saber acerca de otra cultura? ¿Cómo puedes aprender esto?

Meta: Conoce mejor a alguien con quien no hayas hablado mucho en el pasado. Trata de encontrar cosas que ustedes dos tengan en común o que les gusten a los dos.

REFLEXIÓN ESCRITA

Saber acerca de tu cultura te puede ayudar a aceptar otras culturas.

1. ¿Cuál es la parte de tu cultura que más te gusta?
2. ¿Qué parte de otra cultura te interesa investigar?
3. ¿Qué puedes hacer para aceptar más a los demás?

GLOSARIO

apreciar
Disfrutar o valorar algo o a alguien.

comunidad
Un grupo de personas que tienen todas algo en común.

cultura
Las ideas, costumbres, tradiciones y el estilo de vida de un grupo de personas.

empatía
La habilidad para entender y ser sensible a los pensamientos y sentimientos de los demás.

estimula
Le da a alguien confianza, por lo general, con halagos y apoyo.

experimentar
Participar en eventos para obtener conocimiento.

paciencia
La habilidad de aguantar problemas o atrasos sin enojarse ni molestarse.

se comporta
Actúa de una forma en particular.

PARA APRENDER MÁS

Aprender más es tan fácil como contar de 1 a 3.

1. Visita www.factsurfer.com
2. Escribe "**celebrandotodaslasculturas**" en la caja de búsqueda.
3. Elige tu libro para ver una lista de sitios web.

ÍNDICE

Blue Owl Books are published by Jump!, 5357 Penn Avenue South, Minneapolis, MN 55419, www.jumplibrary.com

Library of Congress Cataloging-in-Publication Data

Names: Colich, Abby, author.
Title: Celebrando todas las culturas / por Abby Colich.
Other titles: Celebrating all cultures. Spanish
Description: Minneapolis: Jump!, Inc., [2021]
Series: Celebrando nuestras comunidades | Includes index.
Audience: Grades 2–3
Identifiers: LCCN 2020025759 (print)
LCCN 2020025760 (ebook)
ISBN 9781645276708 (hardcover)
ISBN 9781645276715 (paperback)
ISBN 9781645276722 (ebook)
Subjects: LCSH: Social learning–Juvenile literature. | Affective education–Juvenile literature. | Communities–Social aspects–Juvenile literature. | Cultural pluralism–Juvenile literature.
Classification: LCC HQ783 .C6518 2021 (print) | LCC HQ783 (ebook) | DDC 303.3/2–dc23

Editor: Jenna Gleisner
Designer: Michelle Sonnek
Translator: Annette Granat

Photo Credits: Photodsindia.com/SuperStock, cover (left); DiversityStudio/Shutterstock, cover (right); Mega Pixel/Shutterstock, 1 (top left); Bayanova Svetlana/Shutterstock, 1 (bottom left); Maxim Chipenko/Shutterstock, 1 (right); sirikorn thamniyom/Shutterstock, 3; GSDesign/Shutterstock, 4 (left); bonchan/Shutterstock, 4 (middle); DNY59/iStock, 4 (right); Popova Valeriya/Shutterstock, 5; klebercordeiro/iStock, 6–7; StockImageFactory.com/Shutterstock, 8–9; Thinkstock/Getty, 10; FatCamera/iStock, 11; SeventyFour/Shutterstock, 12–13; LightField Studios/Shutterstock, 14–15; Alfa Photostudio/Shutterstock, 16; Hugh Sitton/Getty, 17; Brent Hofacker/Shutterstock, 18–19; kali9/iStock, 20–21.

Printed in the United States of America at Corporate Graphics in North Mankato, Minnesota.